26 Mars 90

VENTE

Après décès de M. et Mme BENOU

BOULEVARD SAINT-GERMAIN, 159

Les Mardi 25, Mercredi 26 et Jeudi 27 Mars 1890

A DEUX HEURES

MOBILIER ANCIEN

ET DE STYLE

OBJETS D'ART ET DE CURIOSITÉ

Faïences, Grès, Porcelaines, Émaux

Bronzes, Tableaux, Tapisserie des Gobelins, Argenterie, etc.

EXPOSITIONS

PARTICULIÈRE	PUBLIQUE
Le Dimanche 23 Mars 1890	*Le Lundi 24 Mars 1890*
de 1 h. 1/2 à 5 h. 1/2	*de 1 h. 1/2 à 5 h. 1/2*

CE CATALOGUE SERVIRA DE CARTE D'ENTRÉE A L'EXPOSITION PARTICULIÈRE

Me ESCRIBE	M. A. BLOCHE
COMMISSAIRE-PRISEUR	EXPERT PRÈS LA COUR D'APPEL
Rue de Hanovre, 6	Rue de Châteaudun, 25

PARIS — 1890

IMPRIMERIE MAULDE ET RENOU

A. MAULDE & Cie

IMPRIMEURS DE LA COMPAGNIE DES COMMISSAIRES-PRISEURS

Rue de Rivoli, 144

CATALOGUE

DU

MOBILIER ANCIEN

RENAISSANCE ET XVIIIe SIÈCLE

Belle Tapisserie des Gobelins aux armes de France
Commode en laque ornée de bronzes
Lit à colonnes, Portes et Cheminées en bois sculpté, Tentures en ancienne soierie, Tapis de Smyrne

OBJETS D'ART ET DE CURIOSITÉ

FAIENCES FRANÇAISES, ITALIENNES, HOLLANDAISES ET HISPANO-ARABES

Grès de Flandre et d'Allemagne

Anciennes Porcelaines de Sèvres, Saxe, Chine, Japon et autres

ÉMAUX DE LIMOGES, SCULPTURES, BRONZES, GRANDES GLACES

Dessus de portes

TABLEAUX ANCIENS ET MODERNES

MINIATURES, FIXÉS, DESSINS

Argenterie ancienne et moderne, Meubles de style, Objets divers

DONT LA VENTE AUX ENCHÈRES PUBLIQUES AURA LIEU

Après Décès de M. et Mme BENOU

BOULEVARD SAINT-GERMAIN, 159

Les Mardi 25, Mercredi 26 et Jeudi 27 Mars 1890

A DEUX HEURES

Par le ministère de **Me ESCRIBE,** Commissaire-Priseur,
rue de Hanovre, 6

Assisté de **M. A. BLOCHE,** Expert près la Cour d'Appel.
rue de Châteaudun, 25

CHEZ LESQUELS SE TROUVE LE CATALOGUE

EXPOSITIONS

PARTICULIÈRE	PUBLIQUE
Le Dimanche 23 Mars 1890	**Le Lundi 24 Mars 1890**
DE 1 H. 1/2 A 5 H. 1/2	DE 1 H. 1/2 A 5 H. 1/2

CONDITIONS DE LA VENTE

Elle sera faite au comptant.

Les Acquéreurs paieront, en sus des adjudications, CINQ CENTIMES PAR FRANC applicables aux frais.

Aucune réclamation ne sera admise une fois l'adjudication prononcée.

A. MAULDE et Cie, imprimeurs de la Cie des Commissaires-Priseurs,
rue de Rivoli, 144. 600—3996

DÉSIGNATION

ANTICHAMBRE

1 — Belle Porte à trois battants, en bois sculpté, offrant, d'un côté, des cartouches raphaélesques avec des sujets allégoriques à l'Ancien et au Nouveau Testament, des ornements, des sphinx ailés, et, de l'autre côté, un dessin à draperies. Travail en partie du XVIe siècle.

2 — Portail en bois sculpté, à colonnes torses avec panneaux à sujets allégoriques, la Vierge et l'Enfant et des figures de Saints et de Saintes. Travail en partie ancien.

3 — Deux Portières et Lambrequins en peluche de laine jaune et noire.

4-5 — Quatre Hallebardes gravées avec hampes garnies de velours rouge clouté.

6 — Lanterne à cage en bronze Louis XV, dessin rocaille.

7 — Lampadaire d'applique en bronze poli, style Louis XIV.

8 — Table pliante en chêne sculpté.

9 — Trois Escabeaux en chêne sculpté.

10 — Deux Dressoirs d'applique en chêne sculpté, travail flamand, style Louis XIII.

SALLE A MANGER

11 — Très belle Tapisserie des Gobelins, formant plafond, représentant les armes de France surmontées de la couronne royale, avec emblèmes de la Justice sous un fronton orné de figures d'amours assis et entourés de trophées guerriers. Dans le bas, des figures de génies ailés soufflant dans des cornes d'abondance auxquelles sont attachées des guirlandes de fleurs. Bordure à chaînettes entrecoupées de fleurs de lis et de rosaces, avec quatre fleurs de lis aux angles.

12 — Grand Meuble en chêne sculpté, s'ouvrant à deux portes dans le bas, avec montants à consoles et cariatides; rangée de tiroirs ornés de sirènes et d'arabesques. Le haut à étagère décoré sur les côtés de consoles mouvementées avec cariatides de femmes ailées et chutes de fruits. Travail flamand, partie ancien L. XIII.

13 — Dix Chaises carrées, dont six avec frontons en chêne sculpté, couvertes en moquette.

14 — Table-Guéridon, à allonges, en chêne sculpté.

15 — Paravent à cinq feuilles en velours de laine jaune et noir et soierie, dessin polychrome dit à flammes; monture en chêne.

16 — Suspension à une lampe et douze bougies, en bronze bruni.

17 — Miroir biseauté avec cadre en bois noir orné d'applications de cuivre, style Louis XIII, travail partie ancien.

18 — Table en bois sculpté à pieds tors.

19 — Paire de Chenets en bronze, modèle à rocailles et têtes de chérubins. Époque Louis XV.

20 — Jolie Pendule en marqueterie de cuivre et d'écaille de l'Inde, avec son Socle d'applique, garnis de bronze. Époque Louis XIV.

*

21 — Cartel en cuivre gravé, indiquant les phases du jour et de la nuit, avec cadre en cuivre repoussé. Époque Louis XIII.

22 — Deux belles Consoles en ancienne faïence de Rouen, décor à fleurs et ornements en bleu et polychromes.

23 — Deux Gourdes en faïence de Delft, décor bleu sur blanc.

24 — Grande Gourde en ancienne faïence de Nevers, décor à sujets chinois en bleu imbriqué de violet.

25 — Deux très beaux Plats ronds en ancienne faïence de Nevers, fond gros bleu, riche décor à oiseaux, bouquets de fleurs et branchages en sopra-bianco. Cadres en bois noir à moulures dorées.

26 — Coupe sur piédouche en ancienne faïence d'Urbino, représentant un écusson avec figure de Saint Jean-Baptiste porté par des femmes drapées sous un draperie relevée par des amours. Fin du XVIe siècle. Cadre en bois noir.

27 — Plat en faïence d'Urbino, représentant une figure allégorique de l'Abondance dans un paysage. Fin du XVIe siècle. Cadre en bois noir.

28 — Coupe sur piédouche en faïence d'Urbino, représentant une scène de camp tirée de l'Histoire ancienne. XVIe siècle. Cadre en bois noir.

29 — Coupe en faïence d'Urbino, représentant une réunion de nymphes avec vue de ville en perspective. XVIe siècle. Cadre en bois noir.

30 — Petite Coupe sur piédouche en faïence, de la suite de Bernard Palissy, dessin à rosaces.

31 — Plat rond en faïence d'Urbino, représentant Hippomène et Atalante. Fin du XVIe siècle. Cadre en bois noir.

32 — Deux Plats en faïence hispano-arabe, décor à reflets mordorés. XVIe siècle.

33 — Coupe en faïence d'Urbino, représentant l'enlèvement d'Hélène. XVIe siècle. Cadre en bois doré.

34 — Grand Plat en faïence des Abruzzes, vue de maisons et de clochers. XVIIe siècle.

35 — Petit Plat en faïence d'Urbino, décor raphaélesque avec figures d'amours au centre. XVIIe siècle. Cadre en bois doré.

36 — Deux grands Plats en ancienne porcelaine du Japon, décor polychrome rehaussé d'or avec cartels à vases de fleurs, oiseaux de paradis et Chimères.

37 — Plat rond en vieux Chine, famille verte, décor à fleurs et oiseaux.

38 — Deux Coupes en ancien émail de Venise, milieu à ombilic, bord à palmes ; partie gros bleu, partie vert et partie blanc, le tout à rehauts d'or. XVIe siècle.

39 — Deux Aiguières en faïence italienne, à gorges trilobées.

40 — Deux Buires en faïence de Castel-Durante, décor à fleurs.

41 — Deux Cornets, même fabrique, décor bleu et jaune.

42 — Figurine en bois sculpté et peint. XVIIIe siècle.

43 — Artichaut formant Cassolette, en faïence de Marseille.

44 — Sept Pichets et Chopes, en grès de Flandre.

45 — Aiguière en faïence italienne moderne.

46 — Deux Salières en faïence, à figures de Femme, décor polychrome.

47 — Assiette en vieux Chine, famille verte, décor à fleurs.

48 — Assiette de Strasbourg, décor à l'œillet.

49 — Pichet en faïence du Midi : Buveur sur un tonneau.

50 — Figurine de Pesaro.

51 — Coupe en vieux Japon, décor polychrome.

52 — Deux Flambeaux en grès, formes variées.

53 — Trois Assiettes et un Plat oblong de Strasbourg.

54 — Service de Table et de Dessert en faïence moderne de Strasbourg, décor à bouquets de fleurs.

55-58 — Services de Table en porcelaine, faïence et cristal.

59 — Deux Plats oblongs en étain.

60 — Boîte à Thé en étain gravé.

61 — Fontaine en porcelaine du Japon, formée par une figurine de Buveur sur un tonneau.

62 — Aiguière en ancienne faïence de Venise, forme côtelée, décor polychrome, montée en argent.

63 — Plateau et Cafetière en cuivre, travail oriental.

64 — Quatre Plats anciens en cuivre repoussé.

65 — Deux Plaques en faïence de Delft, vues de Hollande.

66 — Deux Vases en faïence italienne, décor à fleurs et inscriptions.

ARGENTERIE

67 — Cafetière Louis XV en argent ciselé à côtes tournantes.

68 — Sucrier Empire avec couvercle en argent ciselé.

69 — Quatre Salières Louis XVI en argent.

70 — Deux Bouts-de-Table et quatre Salières en argent.

71 — Petite Cafetière Louis XVI en argent.

72 — Porte-Huilier style Louis XV en argent.

73 — Deux Légumiers avec plateaux et couvercles en argent.

74 — Saucière avec plateau en argent.

75 — Deux Plats ronds en argent.

76 — Deux autres Plats ronds en argent.

77 — Plat ovale en argent.

78-83 — Ecuelles, Verseuse, Pots-à-lait, Poêlon, Tasses à déguster, Coquetiers et autres Pièces en argent.

84-96 — Couverts de table et de dessert, Louche, Cuillers à café, à œufs, à moutarde, à sel et à sucre, Brochettes et autres Pièces en argent et vermeil.

97-99 — Couteaux de table et de dessert à lames d'acier et lames d'argent, Services à découper.

100-101 — Réchauds, Couverts de table et autres Piéces en métal argenté.

SALON

102 — Deux Décorations de croisées, formées de quatre grands Rideaux et deux de Bandeaux en ancienne brocatelle de soie, dessin à grands ramages blancs et verts sur fond rouge, relevés par des embrasses assorties.

103 — Quatre Décorations de portes, formées de huit portières en même étoffe.

104 — Tenture murale de la pièce en même étoffe.

105 — Très belle Cheminée d'aspect architectural en bois sculpté rehaussé d'or par parties, offrant comme montants des cariatides drapées avec bandeaux à arabesques. Encadrement de glace à pilastres feuillagés supportant un fronton à écusson porté par des cariatides d'enfants se perdant dans des arabesques. Les panneaux de côté représentent des bustes de femme et des ornements raphaélesque, au-dessus des médaillons: Diane et Léda. Travail partie de l'Epoque et partie de style Renaisssance. Dans cette Cheminée sont encastrées douze plaques en émail de Limoges, représentant les bustes des Césars et trois autres plaques à sujets allégoriques, peintures en grisaille et en couleurs rehaussées d'or, représentant Jupiter, Minerve, etc.

106-107 — Ameublement de style Louis XIII en chêne sculpté, composé d'un Canapé avec dossier fleurdelisé, six Fauteuils et six Chaises à dossiers carrés ; le tout recouvert en tapisserie au point, dessin à fleurs et ornements. Il pourra être divisé.

108 — Deux grands Fauteuils Louis XIII, en chêne sculpté, couverts en tapisserie; l'un à armoiries, l'autre à fleurs.

109 — Chaise à haut dossier, couverte en tapisserie au petit point, à fleurs sur fond noir.

110 — Bergère avec accotoirs à oreillons en bois sculpté laqué noir et rehaussé d'or, époque Louis XIV, couverte en velours rouge à dessin jaune et noir.

111 — Fauteuil en velours vert avec bande de tapisserie.

112 — Pouf en soierie brochée et satin noir capitonné.

113 — Petite Table, pied à X, en bois noir.

114 — Pouf carré couvert en drap bleu brodé, genre oriental.

115 — Pouf rond en tapisserie et satin marron.

116 — Pupitre à musique en noyer.

117 — Tabouret de piano en tapisserie.

118 — Escabeau en bois noir, dossier en étoffe tissée, représentant un comédien.

119 — Piano droit en bois noir, de Gaveau.

**

120 — Écran en bois de chêne rehaussé d'or, avec bannière en tapisserie d'Aubusson, médaillon vase de fleurs.

121 — Vitrine à hauteur d'appui en bois noir, avec moulures et encadrement de glaces, en bronze doré.

122 — Table portugaise, époque Louis XIII, en bois sculpté, garnie de cuivre découpé, dessus en étoffe avec applications.

123-124 — Deux Tables à jeu en chêne sculpté, style Louis XIV.

125 — Jardinière en chêne sculpté, à pieds tors, style Louis XIII.

126 — Casier à musique en chêne sculpté.

127-129 — Trois grandes et belles Glaces avec cadres à fronton en bois sculpté, fond d'or, dessin en relief au ton naturel, style Renaissance.

130 — Deux Supports en bois sculpté, à consoles et guirlandes de fleurs, époque Louis XIV.

131 — Grand Tapis d'Orient recouvrant le salon.

132 — Carpette ancienne de Perse, fond bleu.

133 — Très joli petit Cabinet à bijoux en bois noir et ébène, garni en argent, offrant à l'intérieur des peintures sur verre églomisé, représentant des allégories aux Saisons, à la Vie des Dieux et des Déesses, et des médaillons à petits personnages en costume du XVIe siècle. Travail de l'époque.

134 — Beau Coffret de mariage en bois sculpté, à fond d'or, dessin à arabesques et écussons, avec masques fabuleux aux angles, supporté par des griffes de lion, avec cartouche encadré de feuilles d'acanthe; poignées en bronze ciselé. Travail attribué à la Renaissance.

Ce Coffret a été transformé en Cave à liqueurs, garnie de velours rouge à l'intérieur, et se composant de six Flacons, douze Verres et une Coupe en verre rehaussé d'or.

135 — Paire de grandes et belles Lampes formées de potiches en vieux Japon, décor fond gros bleu à cartels de fleurs et rosaces à fond d'or en rouge et bleu rehaussé d'or; avec montures en bronze doré, style rocaille.

136 — Grand Lustre en cuivre poli, à seize lumières, surmontées d'écussons. Style flamand du XVIe siècle.

137 — Paire de Chenets en cuivre poli, ornés de mascarons, style Louis XIII.

138 — Pendule de forme architecturale en mosaïque de pierres dures et bois noir, avec fronton supporté par deux figures d'homme et de femme debout, en bronze doré. Style Louis XIII.

139-142 — Quatre paires de Bras d'appliques à sept lumières, en cuivre poli. Style flamand du XVIe siècle.

142 — Grande et belle Potiche en vieux Japon, fond laqué noir, décor en relief et réservé en couleurs, partie rehaussée d'or, représentant des Cygognes dans un paysage; avec riche monture en bronze doré, rocaille. Couvercle surmonté d'un Chinois assis tenant un parasol dans le goût de Leprince.

144 — Deux beaux Brûle-Parfums en ancienne porcelaine de Saxe, forme hexagonale, décor à sujets chinois, fleurs et volatiles; avec élégantes montures en bronze doré, de style rocaille. Couvercles formés par des chimères ailées.

145 — Deux Bouteilles de Saxe, décor semis de fleurs en relief, avec branchages, boules de neige et oiseaux.

146 — Paire de petits Vases en ancien gris craquelé de Chine, montures en bronze à rocailles.

147 — Deux Flambeaux en cuivre poli, dessin rocaille, époque Louis XV.

148 — Paire de Vases de Chine couleur rouge haricot, montures en bronze doré à rocailles.

149 — Paire de Vases de Sèvres, fond gros bleu, décor architectural de style gothique en grisaille, à rehauts d'or, offrant sous des arceaux des sujets historiques.

150 — Deux Bouteilles en vieux Chine, fond jaune, décor aux dragons et feuilles d'eau en vert et rouge de fer.

151 — Deux Groupes de Saxe, gros enfants, allégories des arts et des saisons.

152 — Grande Buire en faïence d'Urbino, décor raphaélesque, avec écusson, XVIIe siècle.

153 — Pot et Bassin en vieux Rouen, décor à la corne.

154 — Deux Vases en vieux Chine, fond capucine, avec cartels à fleurs en réserve.

155 — Belle Coupe en ancien verre de Venise émaillé et rehaussé d'or, décor à écailles de poissons.

156 — Coupe en ancien verre de Venise, décor agatisé.

157 — Deux Bouteilles en vieux Chine fond jaune, décorées d'oiseaux et de paysages en émaux de couleurs.

158 — Deux très petits Cornets en céladon fleuri.

159 — Deux Bouteilles en verre d'Allemagne, gravé.

160 — Deux Cornets cylindriques en verre de Venise filigrané.

161 — Joli petit Vase en ancien émail cloisonné de Chine, fond bleu turquoise, dessin en couleur, monture en bronze doré à rocailles.

162 — Cornet de Chine fond jaune, à feuilles d'eau en vert.

163 — Plat ovale en faïence de Bernard Palissy? représentant au centre, Cérès, bordure à ornements.

164 — Beau Cruchon en ancien grès, fond blanc, représentant dans neuf médaillons, des sujets allégoriques : la chaste Suzanne et les deux Vieillards, Judith et Sainte Madeleine. Couvercle en étain avec couronne gravée, portant la date 1530.

165 — Vidrecome en ancien grès de Marseille, offrant au pourtour les Apôtres, des ornements et une inscription, monture en étain.

166 — Flacon à Thé, en ancien grès d'Allemagne, décor à mascarons, oiseaux, banderole et ornements. Bouchon en fer.

167 — Pichet en ancien grès d'Allemagne, forme côtelée, décor polychrome, monture en étain.

168 — Aiguière en ancien grès d'Allemagne, décor à fleurs, inscriptions et ornements, monture en étain.

169 — Cruchon en ancien grès de Flandre, décor à ornements et mascarons gris et bleu.

170 — Aiguière en ancien grès de Flandre, décor à rosaces, monture en étain.

171 — Deux Statuettes en bois sculpté, allégories de la Chasse et de la Pêche.

172 — Deux Chimères en ancienne terre émaillée de Chine.

173 — Gourde en ancienne faïence de Nevers, décor bleu, à personnages et armoiries.

174 — Grand Plat rond en faïence, de la suite de Bernard Palissy, décor à reptiles et poissons.

175 — Compotier en vieux Chine, famille verte.

176 — Plat rond en faïence, hispano-moresque, décor mordoré, imbriqué de bleu. XVIe siècle.

177 — Plat creux en faïence hispano-mauresque, décor mordoré à oiseaux.

178 — Plat rond en vieux Chine, décor à fleurs et médaillon de paysage polychrome rehaussé d'or.

179 — Deux Plats de Delft polychrome.

180 — Petit Seau de Strasbourg, décor à la tulipe.

181 — Assiette en vieux Delft, décor bleu sur blanc.

182 — Plat rond en faïence de Pesaro, décor à reflets métalliques avec inscription au centre, xvie siècle.

183 — Deux Médaillons en bronze repoussé : Bustes de Henri IV et Sully. Cadres en bois sculpté et doré.

184 — Deux Bas-Reliefs ronds en cuivre doré, représentant une Assomption de Chérubins et l'Entrée dans l'Arche de Noé. Cadres en bois noir.

185-186 — Quatre Assiettes en étain représentant des Rois à cheval, des Scènes allégoriques à la Vie du Christ et des Ornements inspirés de Briot.

187 — Plaque en émail de Limoges représentant deux Ailes d'Archange et une Banderolle à inscription, entourée d'une guirlande de laurier. Cadre avec écoinçons en cuivre repoussé et découpé à jour. Fin du XVIe siècle.

188 — Deux Hauts-Reliefs en repoussé sur argent, représentant des Scènes de bataille et Chocs de cavalerie, époque Louis XIV.

189 — Plaque en émail de Limoges représentant Mercure. Peinture en couleurs fin du XVIe siècle. Cadre en bronze avec fronton à figures d'enfants et têtes de satyres.

190 — Reliquaire en cuivre doré, forme gothique, avec émaux de Limoges, Têtes d'Apôtres.

191 — Jolie Cassolette en albâtre oriental, monture en bronze doré, avec anses à têtes de béliers, époque Louis XVI.

192 — Cassolette en ancienne porcelaine de Chine famille verte, décor à lambrequins, monture en bronze, époque Louis XVI.

193 — Jolie Bouteille en vieux Chine fond bleu fouetté, décor à cartels d'objets et de paysages de la famille verte réservés sur fond blanc, monture en bronze doré, style Louis XVI.

194 — Coupe en ancien émail cloisonné de Chine fond bleu turquoise.

195 — Gobelet en argent repoussé et gravé, décor représentant des Médailles à l'effigie des rois de Pologne, époque Louis XV.

196 — Éventail en ivoire sculpté et rehaussé de peintures, avec feuille à sujet allégorique, époque Louis XV.

197 — Éventail en ivoire sculpté, avec feuille à médaillon et gerbes de fleurs, époque Louis XV.

198 — Éventail en ivoire laqué.

199 — Bougeoir formé d'une soucoupe en vieux Sèvres, fond bleu turquoise avec médaillon à corbeille fleurie, monture en bronze doré, style Louis XVI.

200 — Deux Figurines en vieux Saxe, Jardinier et Jardinière montées sur socle rocaille, en bronze doré.

201 — Deux Figurines en vieux Saxe, représentant deux personnages de la Comédie italienne, montées sur socles à rocaille, en bronze doré.

202 — Deux Figurines en vieux Saxe, représentant deux personnages de la Comédie italienne.

203 — Deux petits Perroquets perchés sur des troncs d'arbre. Vieux Saxe.

204 — Deux Couverts composés chacun de trois pièces, en vieux Saxe, monture en argent doré, Louis XV.

205 — Jolie Boîte restangulaire, en vieux Saxe, décor à médaillons de scènes militaires et paysage avec figures, monture en argent ciselé et doré.

206 — Boîte octogone en agate orientale, monture en argent doré, ciselé et gravé.

207 — Tasse et Soucoupe en vieux Sèvres, pâte tendre, fond bleu turquoise, à médaillon à fleurs et attributs, bordure rehaussée d'or.

208 — Tasse et Soucoupe en vieux Sèvres, pâte dure, fond rouge avec médaillon à initiales, bordure rehaussée d'or.

209 — Tasse et Soucoupe en vieux Sèvres, pâte tendre, avec bandes gros bleu à pointillé à rehauts d'or.

210 — Tasse et Soucoupe en vieux Sèvres, pâte tendre, décors à ornement rehaussé d'or.

211 — Petit Entonnoir en vieux Sèvres, bordure à rehauts d'or avec chiffre et couronne.

212 — Chope de Bohême rouge.

213 — Coupe à anse en poterie antique, fond noir.

214 — Joli petit Brûle-Parfums en imitation de jade blanc, monture en bronze doré, dans le goût chinois.

215 — Deux petits Vases en imitation de jade blanc, monture en bronze doré, style rocaille.

216 — Cassolette forme poire en filigrane d'argent.

217 — Petite Boîte en ivoire sculpté renfermant des jetons, travail chinois.

218 — Boîte à thé en émail peint de la Chine, décor à paysage.

219 — Tasse et Soucoupe en vieux Sèvres, pâte tendre, décor à rinceaux, fleurs et oiseaux, bordure fond jaune.

220 — Clef en fer à canon triangulaire et poignée à écusson et cariatides, XVIe siècle.

221 — Tête-à-Tête en vieux Chine, fond capucine et médaillons à fleurs, composé de deux Sucriers, deux Théières et deux Tasses avec Soucoupes.

222 — Deux petites Théières et un Plateau en vieux Chine, famille rose, décor à cartels de fleurs, encadrements dits mosaïque.

223 — Petite Boite à parfums en émail peint de la Chine, monture en bronze doré.

224 — Théière en vieux Chine, famille rose, décor à figures.

225 — Six Tasses en vieux Chine, pâte fine, décors variés, rehaussés d'or.

226 — Peigne en bois sculpté, dessin à jours, travail gothique. Il s'ouvre au milieu et forme reliquaire.

227 — Deux paires de Chaussures chinoises brodées.

228 — Six Figurines en pierre de lare, travail chinois.

229 — Quatre Manches de couteaux en vieux Mennecy imitant le décor chinois.

230 — Deux Pommes de Canne en vieux Chantilly, décor bleu sur blanc.

231 — Pomme de Canne en nacre, époque Louis XVI.

232 — Petite Tour de Pise en albâtre.

233 — Quatre Bouchons de carafes en porcelaine, têtes de personnages.

234 — Deux jolis petits Vases en verre de Venise filigrané, avec anses à tortillons.

235 — Sept Coupes de forme diverses en verre de Venise, craquelé et uni.

236 — Flambeau en verre de Venise à tortillon.

237 — Porte-Bouquet, forme quadrupède en verre de Venise filigrané.

238 — Deux Aiguières en verre de Venise filigrané.

239-240 — Douze pièces de différentes formes en verre de Venise. Sera divisé.

241 — Figurine en ancienne porcelaine d'Allemagne : Joueur de Flûte.

242 — Agrafe de Manteau en filigrane d'argent, ornée de grenats.

243 — Deux Vitraux anciens de forme ronde, peints en couleur représentant le Christ entre les saintes Femmes et saint Jean-Baptiste.

244 — Deux Vitraux anciens peints en couleur, décorés d'armoiries.

245 — Quatre Portes à deux battants en bois sculpté à panneaux ornés d'armoiries, de figures de chérubins, de médaillons à bustes de personnages, compositions raphaélesques. Travail en partie ancien. Pourront être divisées.

TABLEAUX

---

246 — **Jean Miel.** Le Débarquement du proscrit.

Au premier plan, des paysans déchargent une embarcation sous pavillon anglais, d'autres mettent des bagages à dos de mules. Un pacha, qui vient de débarquer, cause avec un personnage enveloppé d'un manteau rouge. Paysage accidenté arrosé par un fleuve avec vue de village sur la rive opposée et pont en pierre dont une arche a disparu.

247 — **Wyntrack** et **Van der Hage.** Cygnes, Canards et autres volatiles au bord d'une rivière, fond de paysage boisé. (Signé et daté.)

248 — **Bilcoq**. Scènes d'intérieur. (Deux charmants petits tableaux dans un même cadre.)

249 — **Van der Neer** (Attribué à Aart). Grand canal, en Hollande, traversant des villages boisés, avec figures de bûcherons au premier plan. (Signé du monogramme V. D. N.)

250 — **Creville.** Le Violoneux et le Fumeur. (Deux jolis petits tableaux dans un même cadre. Signés.)

251 — **Debay.** Vaches au pâturage.

252 — **Molenaer.** Intérieur de cabaret. (Composition de neuf figures; grande finesse de touche.)

253 — **Huet** (École de). La petite Bergère surveillant sa vache et ses moutons.

254 — **Delerive.** Paysan, Chien et Cheval. (Signé.)

255 — **Charpentier** (Attribué à). Les petites Fermières. Intérieurs d'étables avec chèvres, moutons et brebis. (Deux pendants.)

256 — **École flamande.** Le Joueur de cornemuse et le Buveur. (Deux gouaches dans un même cadre.)

257 — **Mme Debay.** La reine Christine, entourée de sa famille, complimentant un peintre.

258 — **Téniers** (École de). Fumeur et Joueur de cornemuse.

259 — **Sauerveid.** Cosaque à cheval. (Aquarelle.)

CHAMBRE A COUCHER

260 — Beau lit de milieu en bois sculpté Louis XIII, à quatre colonnes, partie torse et partie tournée avec fronton orné d'arabesque en bas-relief, accompagné de quatre Rideaux et d'un Dessus de lit en ancien damas de soie rouge et bandes de satin laine fond jaune et d'un Tour de lit en application de satin jaune sur fond de soierie rouge épinglée.

261 — Deux Décorations de croisées et quatre Décorations de portières, composées chacune de deux grands Rideaux surmontés de lambrequins en ancien damas de soie rouge avec bandes en brocatelle fond jaune d'or à dessin rouge.

262 — Tenture murale en damas de soie rouge.

263 — Glace en deux parties avec cadre en bois sculpté en psrtie rehaussé d'or, style du XVIe siècle.

264 — Belle Glace en deux partie avec cadre à fond de glace en bois scultpté et doré, époque Louis XIV.

265 — Glace biseautée genre vénitien avec encadrement en glace, partie fond bleui et ornements en relief.

266 — Miroir biseauté avec cadre en bois sculpté à fond doré, style Renaissance.

267 — Coffre de mariage en bois noir et de palissandre, décor architectural, orné de rosaces et fleurs de lis en bronze doré, posant sur piétement à colonettes, époque Louis XIII.

268 — Petit Meuble formant Prie-Dieu et Bureau en marqueterie de citronnier et palissandre.

269 — Petit Bureau de dame s'ouvrant à dos d'âne, en marqueterie de bois, dessin à fleurs, garni de bronzes, style Louis XV.

270 — Meuble d'appui s'ouvrant à deux portes en marqueterie de bois, dessin à vases de fleurs sur consoles, orné de bronzes, style Louis XIV.

271 — Table en chêne sculpté, à pieds tors, ornés de feuillage, avec applications de lapis, partie du temps de Louis XIII.

272 — Méridienne en damas de soie rouge capitonné.

273 — Grand Fauteuil en noyer sculpté, époque Louis XIII, recouvert en moquette armoriée.

274 — Grand Fauteuil en noyer sculpté, recouvert en tapisserie au point et au petit point, représentant un Joueur de mandoline au milieu de grands ramages, style Louis XIII.

275 — Bergère en bois sculpté laqué noir, à filets dorés, recouverte en velours rouge à dessins noirs, époque Louis XV.

276 — Six Fauteuils et quatre Chaises à dossiers carrés, en chêne sculpté, recouverts en velours rouge à dessins noirs, style Louis XIII.

277 — Deux Servantes en chêne à pieds tors.

278 — Cheminée en bois sculpté, fond doré, avec montants à cariatides, bandeau à rosaces feuillagées, entrecoupées de cartouches, style Renaissance.

279 — Grand Tapis de Smyrne recouvrant la pièce.

280 — Carpette orientale, décor polychrome.

281 — Lustre flamand à douze lumières, en cuivre poli, avec inscriptions hébraïques gravées, fin du XVIe siècle.

282 — Deux Bras d'applique à six lumières, en cuivre poli, style flamand du XVIe siècle.

283 — Paire de Girandoles à six lumières, formées par des flambeaux persans ornés de gravures.

284 — Paire de Flambeaux en cuivre gravé, XVIe siècle.

285 — Jolie Pendule en marqueterie de cuivre et d'étain sur fond d'écaille de l'Inde, garnie de de bronzes dorés, époque Louis XIV.

286 — Christ en bois sculpté sur croix en bois doré, époque Louis XIV.

287 — Jolie petite Pendule à quatre faces, montants à colonnettes en cuivre gravé, offrant des têtes de chimères, des enroulements et des fruits, fin du XVIe siècle (Gravure reprise en certains endroits).

288 — Deux jolis petits Candélabres en cuivre poli, formés par des figures de lansquenets portant chacun deux lumières.

289 — Coffret en bois sculpté, époque Louis XV.

290 — Bénitier en argent gravé, enrichi de grenats.

291 — Deux petits Bouts-de-Table à deux lumières, en bronze doré, modèle rocaille.

292 — Deux Tableaux gréco-russes, représentant : l'un la Vierge et l'Enfant, l'autre le Christ ; montures en argent, cadres en bois noir.

293 — Plaque ovale en émail de Limoges, représentant saint Jean-Baptiste, encadrement à ornements, œuvre de Nouailher. Cadre de velours avec écoinçons en argent.

294 — Plaque rectangulaire en émail de Limoges, représentant sainte Madeleine, XVIe siècle. Cadre en velours avec écoinçons en argent.

295 — Deux Plaques en émail de Limoges, représentant saint Claude et une Annonciation, œuvres de Laudin. Cadre en velours avec écoinçons en argent.

296 — Deux petites Miniatures rondes : Portraits de gentilhomme et de grande dame du temps de Louis XVI, avec jolis cadres en bronze ciselé et doré, à figures d'enfants portant des couronnes et des guirlandes de roses.

297 — Deux petits Dessins ronds représentant des Scènes champêtres d'après Téniers. Cadres en bronze doré à nœuds de rubans.

298 — Fixé représentant une Marine, école hollandaise. Cadre en cuivre.

299 — Fixé représentant une Scène champêtre inspirée de Berghem. Cadre en cuivre.

300 — Deux Fixés représentant des Paysages accidentés avec nombreux petits personnages. Cadres en cuivre à nœuds de rubans.

301 — Miniature ovale représentant une jeune Femme debout appuyée contre une console, robe décolletée, coiffure à la poudre, époque Louis XVI.

302 — Miniature ovale : Portrait de la comtesse de Laval, époque Louis XVI.

303 — Groupe en bois sculpté représentant une Sainte en costume du xve siècle, se tenant debout près d'une maison, ayant l'Évangile dans la main gauche et un rameau dans la main droite. Travail ancien.

304 — Quatre Vitraux anciens de forme ovale, représentant des Sujets bibliques.

TABLEAUX

305 — **École flamande du XVIe siècle.** Portrait de gentilhomme en costume noir à collerette, avec blason dans le haut.

306 — **Dusautoy** (Léon). Paysage boisé au bord d'une rivière. Vue prise en Normandie.

307 — **Dusautoy** (Léon). Paysage avec figures.

CABINET DE TRAVAIL

308 — Grand Bureau à cylindre en bois noirci et et verni, richement garni de bronze, style Louis XVI.

309 — Fauteuil de Bureau en palissandre couvert en tapisserie.

310 — Très belle Commode, forme ventrue en ancien laque, décor à paysages chinois à rehauts d'or et de couleurs, richement garni de bronzes dorés, dessin à rocaille et à enroulements. Dessus de marbre brèche d'Alep. Époque Louis XV.

311 — Grande Armoire s'ouvrant à quatre portes en bois sculpté, dessin à fleurs et rocailles. Époque Louis XV.

312 — Table toilette formant bureau, en bois rose et marqueterie, garnie de bronzes. Époque Louis XV.

313 — Deux Fauteuils en bois sculpté, laqué noir à rehauts d'or, couverts de tapisserie d'Aubusson à vases de fleurs et rinceaux. Époque Louis XVI.

314 — Deux Chaises en bois noir sculpté à rehauts d'or, recouvertes en tapisserie au petit point, l'une à médaillons à trophées de musique, l'autre à bandes semées de fleurs, XVIIIe siècle.

315 — Glace avec cadre à fronton, fond en glace et ornements en bois doré. Époque Louis XIV.

316 — Paire de Flambeaux en bronze, style Louis XVI.

317 — Potiche en vieux Japon polychrome.

318 — Paire de Chenets à figures d'Enfants sur rocailles, style Louis XV.

319 — Deux petits Lustres d'applique en bronze et porcelaine de Chine.

320 — Deux Coffrets en bois laqué et décoré de rehauts d'or. Epoque Louis XV.

321 — Grand Vase en porcelaine de Saxe, décor à médaillons de fleurs et rocailles avec riche monture en bronze, style Louis XV.

323 — Deux Panneaux formant les plafonds en peinture et applications de broderies, représentant des médaillons à volatiles, des cariatides de femmes, des vases de fleurs posés sur des consoles drapées; composition inspirée de Bérain.

TABLEAUX

324 — **Sauvage** (Genre de). Quatre Dessus de portes, peintures en grisaille, représentant des Jeux d'enfants, avec cadres en bois doré à nœuds de rubans.

325 — **Géricault** (École de). Chevaux de halage se mordant.

326 — **Dusautoy** (Léon). Paysage avec lavandières.

327 — **École française.** Paysage montagneux avec figures.

328 — **École française.** Le saint Bernard et le Retour de l'école (Deux scènes d'enfants).

329 — **Pérignon.** Cavalier buvant la goutte (Aquarelle).

330 — **École française.** Mentor engageant Télémaque à fuir l'île de Calypso.

331 — **D'Orschwiller.** L'Avare et le Prodigue (Deux scènes de singes).

332 — **Monnier** (Henri). Route de village (Dessin).

OBJETS DIVERS

Bibliothèque en palissandre.

Environ 100 Volumes anciens et modernes, reliés et brochés.

Grande Toilette en acajou et marbre blanc.

Plusieurs paires de Flambeaux en bronze, de styles Louis XIII et Louis XVI.

Meubles de chambres de domestiques.

Batterie de cuisine en cuivre, fer blanc et fer battu.

Casiers à bouteilles en fer, Bouteilles vides.

Quelques Bouteilles de Vin rouge et Vin blanc.

G
M

RED. :

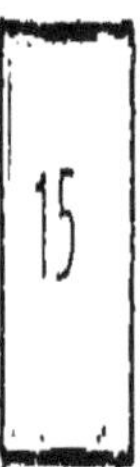
15

0 1 2 3 4 5 6 7 8 9 10

www.ingramcontent.com/pod-product-compliance
Ingram Content Group UK Ltd.
Pitfield, Milton Keynes, MK11 3LW, UK
UKHW021956260726
13994UKWH00004B/1788